松谷みよ子 あかちゃんの本

いない いない ばあ

瀬川康男 え

童心社

いない　いない　ばあ

にゃあにゃが　ほらほら

いない　いない……

いない　いない　ばあ

くまちゃんが　ほらね

いない　いない……

ばあ

いない　いない　ばあ
こんどは　だれだろ
いない　いない……

いない　いない　ばあ
こんこんぎつねも
いない　いない……

ばあ

こんどは
のんちゃんが

いない　いない
ばあ

松谷みよ子 あかちゃんの本
✦✦✦✦✦✦✦✦✦✦✦✦✦✦✦✦✦✦✦

いない いない ばあ

1967年 4 月15日　初版　発行
1981年 3 月10日　第72刷発行
1981年 5 月25日　改版第 1 刷発行
2008年 1 月24日　改版第150刷発行

文・松谷みよ子

©

画・瀬川康男

発行所・株式会社 童 心 社

〒112-0011
東京都文京区千石4-6-6
電話 03-5976-4181代表
http://www.doshinsha.co.jp/

デザイン・辻村益朗

製版・印刷・小宮山印刷株式会社

製本・株式会社ハッコー製本

B 5 変形・21cm・20 P・N D C 913.6
Printed in Japan
ISBN978-4-494-00101-9